남자의 봄

남자의 봄

정재석

당진문화재단

시인의 말

어제도 오늘도 내일도 또 모레도 날마다 찾아가는 사십 리 길 고향은 어머니 품속처럼 따스하고 청량한 바람 불어와 나의 볼을 스치고 지날 때마다 맑고 신선한 공기를 마시도록 해주는 정서 가득 정든 곳.

자연과 눈인사로 매일 마주하는 고향, 정든 인심 인연은 해마다 떠나고 커다란 나무들이 하늘을 삼키고 칡넝쿨로 나무를 칭칭 휘감고 올라타도, 눈을 감고 걸어라 해도 제대로 걸을 수 있는 가슴 깊숙이 정든 고향이기에 아니 가고는 못 배기는 고향이요, 하루라도 거르는 날이면 어제는 무슨 일들이 있었을까 궁금해지며 발걸음 소리라도 들려주어야 탈 없이 자라나는 나의 귀한 자식들이 항상 기다리고 있어 마주하는 얼굴을 보아야 편안해지는 고향이 있기에 찾아가는 발걸음도 가벼워지기도 하지만 무거워지기도 합니다.

왕복으로 오고 가며 하늘은 높고 옅은 계곡이지만 뻥 뚫린 고지 내(당진시 대호지면 송전리 소재) 고향길을 휘감아 들리는 까치, 참새, 뻐꾸기와 꾀꼬리, 잡다한 새소리와 목청 우람한 꿩의 소리 여운이랑 논두렁과 밭두렁을 거닐며 어린 시절을 보낸 세월 앞에 벌써 쇠약해져 가는 나를 봅니다.

세 살 적 어린 나이에 잃은 어머니의 흐린 기억을 더듬어 어렴풋이 어머니의 모습을 꿈속에서나 뵙고 밤새 헤매다 잠에서

* 고지내 길
(당진시 대호지면
송전리 소재 옛 도로명).

깨어나는 것이 일쑤이고 빈번하게 느껴지며 혹시라도 잠든 사이 오셔서 나를 보고 가시는 걸까? 먼발치에서 아니면 천상에서 지금은 무엇을 하고 있는지 내려 보고 계실까?

지금은 백발이 된 세 살 적 아들을 어머니는 자기 무릎 위에 앉혀 놓고 뽀얀 젖가슴을 물리며 뚫어져라 빤히 내려다보시던 어머니.

기다리고 그리워 한지 어언 팔순을 바라보는 지금까지도 어머니는 오시지 않고 계십니다. 돌아가신 기일에나 오실까 현관문을 열어드려도 기척 없으신 어머니. 기다림과 그리움, 강한 모정의 사랑이 항상 아쉬워 어머니를 사모하는 사랑의 시로 고향을 오가며 시작을 해온 부족하고 부끄러운 글로 세상에 보내 봅니다.

농촌을 소재로 한 시작품은 고향이고 어머니입니다.

2023년 10월

정재석

목 차

시인의 말   4

                                        제1부 봄

두 마음   15
해의 미소   16
새로운 날의 고민   18
번호표   20
꽃비 연가   22
진정 당신은   24
3월 좋은 날   26
날마다   28
봄의 연가   30
꽃님아   32
청순, 백목련꽃이 필 무렵   34
봄비   36
분명 봄은   38
1월을 보내며   40
기원   42

제2부 여름

보름달 같은 너   47
폭우 1   48
폭우 2   50
비가 오는 날에는   51
5월은   52
바다는 부르는데   54
빗속을 아시나요.   56
반갑다   58
오늘의 태양은   60
그리운 사랑아   62
왠지 모르게   63
빗물에 담아   64

제3부 가을

님 그리운 시간   69

가을은 왔는데   70

가을에게   72

녹색바다   74

가을이 운다.   76

푸르름은 가고   78

추억으로 가는 가을   80

바닷가에서   82

초록바다   84

늦가을 연서   86

9월은 오고   88

제4부 겨울

고드름   95

서리꽃   96

마지막 날 새벽   98

겨울비   100

올 한해도 세월은   102

봄이 온다는구나   104

너에게 갈 거야   105

첫사랑   106

가지 말라는 데도   107

아무리 그래도   108

얼어붙은 사랑   110

흰 눈 사이로   112

제5부 그리고

순간   117

고향   118

가로등   120

들깨   122

교정의 향수   124

수복강녕   127

開眼 눈을 뜨고 보니   128

터벅터벅 걷더니   130

그대를   132

행복   134

얼굴 한번 봅시다.   136

뜬구름   138

미세먼지   140

제6부 인생

얼굴 143

남자의 봄 144

고향에 남으리라 146

구름 158

석양 노을에 150

이별 준비 152

세 치 혀 154

꿈속에서 156

오랜만에 158

거울 앞에서 159

아버지 160

시간과 나 163

아직도 흐르는 눈물 164

어머니의 미소 166

꿈은 이룰 수 없지만 168

동행 170

레드카펫 171

그대를 174

편지 175

□ 평론·조동범_한없이 외롭고 쓸쓸한 바다의 언어 177

제1부

봄

두 마음

눈 마주 보며
함께한
시간을 힘찬 박수로 응원해 준다

한없는 사랑을
이어갈
끈끈한 연인이기를 원하며

오묘한 마음은
텃밭에 홀가분히 던져버리고
풋풋하고 싱그러운
새싹처럼 싱싱하게 그리고 소중하게
솟아나는 힘을
배양하도록

두 마음 입을 모은다.
행복 웃음
다물지 않을 때까지.

해의 미소

석양을 데리고 멀리
어제의 빛은
자연에 묻어버리고

오늘 새벽부터
새로운 빛을 잉태한
해의 미소가
구석구석 웃음을 선사하는
희망의 출산을 기다린다.

세상 사람들의 염원을
한 몸에 지닌 채 환한 미소로
새벽 입김들을 반긴다

주위의 시선들을 보라
온갖 치졸 회유 비방 폭언 망동
허구와 배신에도
나는 웃으리라
희망의 빛을 얻으리라

청량한 바람도 순응하고
처연한 풀잎도 이슬을 머금어
자연에게 반환하는
따사로운 정을 주고 있지 않은가

열정적 해의 미소
하루도 변함없이 세상 누구에게나
똑같은 색으로 똑같은 마음으로
희망을 주고 응원하는 일에
끝이 없지 않은가

새로운 날의 고민

여명의 햇살이 천지를 벌겋게 달구며
모두에게 희망을 품게 하던
새날의 아침

뒤안길에 숨겨진 역사의
오점과 실책을 반성하며 자책의 심신을
다듬고 아우르는 현명한 시간을 가져 본다

온 누리에 뿌듯한
성공 예감에 상응하는 누리의 빛이
반가운 아침을 태운다

무거운 첫발을 디디며
새날을 맞이하는 마음과 몸은
천근 바위를 등에 지는 중압감이 앞서는 것은
왜일까

또 한 새날을 살아가며
연륜을 쌓아가 또 다른 한 테두리를 두르며
세상을 얻는다는 새로운 날의 고민은

뭐니 뭐니 해도

남녀노소 너나 할 것 없이
건강은 천운이라 하나
얻고자 하는 것은 무슨 염원이든 이루고 얻어
걱정脫出 財運上乘 幸福滿船
健康無敗 삶의 質 倍加를 기원해 보련만

의욕은 상충하나 실행이 따르지 않으니
새로이 떠오른 새해에도
이것이 고민이기 때문이다.

번호표

4월의 끝자락에서
잔인한 봄의 마중 시샘을
밤낮없이 짓궂게 하는데도

진한 향기를 뿜어내며
시선을 모으는 매혹의 꽃들이
아름다운 웃음으로
뚫어지게 바라보도록

눈이 따라오지 않고는
못 배기는
저마다의 멋진 꽃

번호표를 부여받아
질서 정연한 분위기 메이커다운
웃음을 순서대로 선사하는
너의 모습은

절정으로 치닫는 꽃의 계절에
유혹을 신화로 이끌어 가는

세계에서 제일가는
월드 眞 이다.

처절한 억압에 반사되는 계절
지독하게 싸우고
인고의 고통으로 피워 선사하는
4월은 참 곱다
아름다워라 4월은

꽃비 연가

하늘
빈 공간 속
구름 떼 몰려가고

꽃바람 스치더니
정수리 훤히 보이는 흰머리
빗질하며 지나가네.

님 보는 날 이런가
고운 임 소식 전하는
꽃 편지 이런가

화려한 꽃비 잔치에 초대된 나

연호의 괴음을 질러대고
절로 미소가 번지는 아주
흐뭇한 시간

꽃 편지 사연 전하는
꿀벌 배달부

봄 동산의 춤추는 예단에서

민들레꽃과 입맞춤하다 날아온
노란 나비 한 쌍 함께
무대를 꾸미니
축하의 박수 절로 연신 쳐댄다

진정 당신은

저마다 간직한
화려한 꽃들의 전쟁이
시작되었다

봄이 온 줄도 모르는
얼간이 꽃나무는 순서를
잃었는가

땅에서나
줄기에서나
나무에서나

미녀들의 입술 립스틱만큼이나 물든

뼈대를 움켜쥔
꽃망울은
베틀을 놓지 않는데

가슴에 넣고도 성이 차지 않는 것은 왜일까

미소를 머금는
활짝 핀 얼굴을 보는 날에는
눈과 마음 안에 넣어 익혀도
수천 번의 영상을 돌려봐도
지워지지 않는 당신의 모든 것

화려한 꽃의 세계
진정 당신은
가질 수 없는 안타까운 미인이다

3월 좋은 날

봄 꽃망울이
여기저기 핏기를 찾아가고
삭정 가지에 벙실벙실 맺힌
따뜻하던 3월 어느 날

그대들과 나는
반가움 반
수줍음 반
눈도장 찍으며 만났었지

해와 시간은 허공에 매어놓고
주고받던 술 한 잔
깊고 얕은 말들이
속삭이며 주고받는 인연의 정담들

해는 저물어
별빛이 보이던 저녁
만남의 추억들을 가슴에 담고

이별의 아쉬움

약속의 희망
건강 행복 사랑 좋은 말은 다 하며
또 만나자 손 흔들며 헤어졌지

만남이란
기약의 꽃망울 키우며
코로나 19 잠잠하거들랑
살아 있어 주라
그저 건강이 최고야
3월 좋은 날 또 만나자 했지

날마다

아침 안개 가득한
앞길을 조용조용 뚫어져라
바라보며 누빈다

세상 한가운데 놓여진
희미한 순간순간
생각과 고민을 지우고 파헤친다

조금은 낯 설은 길
잘못 들여놓은 발길은
이미 엎지른 물이지 않은가

날마다 조금씩 걷혀가는
조심스러운 새싹은 커가지만
암울과 염려의 길목에서 희망을
건지려는 초조한 마음

깊은 잠에서 깨어나
눈을 뜨는 순간
한 점 부끄럼 없는 날이고 싶다

살아간다는
감사함을 원 없이 누리며
날마다 그렇게 웃음을 팔아
사랑하는 사람들께
나누며 살아가고 싶다

봄의 연가

먼 산 타고 넘는
훈풍의 파도
설원의 계곡에 빠진 듯 황홀하다

진한 봄 향기 후각에 전하고
온 누리에 오색 꽃물 번지고 번져
마음까지도 적신다

봄처녀 연둣빛 살결
앵두 같은 두 볼
방금 터진 복사꽃 꽃물결에
설레는 마음 흔들고

순백의 청순한
자태를 뽐내던 백목련도 수줍어
봄바람의 유혹에도
올곧은 순결 정조로 삼는다

늘 푸른 소나무
황홀한 삼매경에 빠져

사방을 홀로 꽃 천지 춤사위에
정신을 팔고 있는데

님아 어이 이 가슴 애태우고
기다리고 기다리어 그렇게 만든 것이오.

이제 서야 환하게 불러보는 재회의 순간
참 좋단다
환희의 웃음꽃

꽃님아

경쾌한 리듬이 울려 퍼지는
오후 나절
봄바람은 목덜미 후비고 지나간다

수십 일 빠른 소식에
입방정들은 찧고 또 찧고
셀카로 보내고
꽃 시샘 알아나 주는지

씻고 보아도 보이지 않는 꽃님아
숨바꼭질하는가
귀가 먹었는가
눈이 없는가
꽃 소식은 들리건만

기승을 부리는 미세먼지로
얼굴도 못 내미는 거냐?
눈이라도 마주칠 수 있게
제발 보여주라

단비를 우러러 기다리는
꽃님아

청순, 백목련 꽃이 필 무렵

응집된 정절을 지켜
엄동을 이길까
노심초사 도토리묵 된 가슴을 졸이고

아직도 당도하지 않은
기다린 정은
당연한 소식이 없네

첫날밤의 수줍음 더해
부풀어 건들 면 터질 꽃봉오리
청순가련한 꽃이 되련만

순정을 바쳐
하얀 목련 꽃이 필 무렵
님 은 상봉의 두 손을 들어
일탈을 꿈꾸고 있을 건데

눈치 없는 미운 바람
님 만나 터트릴
찰나를 빼앗아 달아나느냐

화창한 봄날
빼앗긴 훈풍의 날
정원의 뜨락 가득히 피워 낼 테니
정겹고 아름다운 감동의 폭소
터지게 하고 말거야

봄비

두툼하게 퇴적한 가랑잎이
뜰 안에 냉기 가득한
바람 지날 때마다 두런거린다

다시 되돌려
자양분이 되려는
낙엽들의 살 신 노력을 알아나 줄까

봄이 오거늘
마중하는 님들은 벙어리 삼대인가
시샘하는 꽃바람에 세상 조용하다

하우스 천정만이
샤방 샤방 내리는 봄비를 보듬어
봄 마중하건마는

설원이 가고 난 뒤
난세의 생명들은
목마른 갈증에 천지의 눈치 살피고

바람 타고 내리는
곡예의 빗물 따라
전신을 구석구석 적셔주는 단비

흙먼지 잠잠해진
조용한 뜰 안에 납작 엎드린 냉이
웃음꽃 피울 채비를 하고 있다

분명 봄은

서릿발 녹인 오후의 햇살이
잔등을 데워 준다

우수의 문을 두드린
꽃샘 바람불어 온 동네를 휩쓸어 대니

체감으로는 알 수 없지만
양지바른 논두렁엔
민들레 꽃망울 부풀어
봄맞이 단장에 정열을 쏟는데

늦잠에서 일어나 허둥대는 개구리
하품을 연발하며 경칩을 맞는다

분명 봄은
남쪽 대궐 같은 집의
각시가 보내주는
따뜻한 사랑 증표 입김 일게다

그뿐이랴 손에 눈에 가슴에
그리고 마음 안에
가지가지 아름다운 꽃들을
넉넉하게 선물하고 있지 않은가

조금만 더 기다릴 거야
아지랑이까지
틀림없이 데리고 올 테니까

1월을 보내며

어둠에서 솟아난
황홀한 아침을 맞이하며
손 흔든 제 엊그제 건만

매정 타 세월
뒤도 돌아보지 않았을 터널을 지나온
허무한 1월을 보내며

멀리 떨어져
뜸하게 반기는 인연을 만나
웃음도 팔고 사고
옛 추억 살려주는 재래시장
입맛 끌리는 향수에
발등도 채여 보았네

보이지 않는 미래
어둠에서 참 삶을 낚아채는
하얀 낚싯대를 던져야 할까

2월의 樂은
한결 부드럽고 가벼운
발길로 인도해 끌어주길

하나님, 부처님 전에
두 손 가지런히 코끝에 모아
이마에 기대고 빌어 봅니다

천지인의 진동처럼
호탕한 웃음이
늘
모두의 가슴에 짠하게 남도록 말이다

기원

바라는 것이 뭐 있을까요?

가내가 두루 평안하고
온 가족이 건강하며
웃음 떠날 줄 모르는 행복은 물론
꿈은 모두에게 이루라는
바램

더 나아가
바람이 있다면
넉넉한 마음을 넉넉하게
나눌 수 있도록 하는
마음의 넉넉함을 주는 일

한 발짝 더 나간다면
나의 지인 모든 분들이
건강한 축복 속에 부족함이 해소되는
웃음 끊이지 않고
행복해졌으면 하는 것

지혜로운 검은 토끼가
가져다준
올해의 행복 응원 기원이니까요

제2부

여름

보름달 같은 너

한낮의 열기가 식어 갈 즈음
시끄럽게 재잘대든
새들도 찾아오는 둥지

차오르는 보름달
계란 전 부치던 향수
모락모락 피어오르던 굴뚝 연기

보름달
그 속에 그려진 모습은
발그레 웃는 아가씨 같은 너
어디로 갔을까

차분히 내려꽂히는
달빛에
황홀한 마음 감출 곳 없다

폭우 1

굴곡으로 점철된 불행
참고 참아온 분노

뼛속 깊이 박힌 울분
찢어진 듯 가슴에 아물지 않은
상처

미완성의 꿈도
넋 빠진 노력의 허탈함으로
서럽게 묻어온 길

이유 없이 갈기갈기 찢긴
기막힌 사연들의
일기장

하나로 묶어
비통한 눈물을 우람한 소리로
가슴을 비우며
쏟아내고야 만
걸출한 폭우
시원해 보인다

폭우 2

성깔 사나운 시어머니다

시커멓게 몰려오는 불만 구름 떼
울그락
불그락 검은 세상으로
내면을 토하는 그 시간만큼은
무서운 시간이다

성에 차지 않는
불만들이 쌓일 때
기어이 세상의 세간들을 떠내려 보내고
삼키고 두들겨 패고

목이 타는 애간장을 끊어도
누구도 달랠 수 없는
황당한 시간이다

효를 부르는 순간이다.
누구든 죄를 짓고 있다는
눈치일 것이다
사랑이 그리워한다는 신호 일게다

비가 오는 날에는

눈이 부시도록 뜨거웠던
진통의 시간
홀홀 벗어 던지고 싶은 더위이지만

지상의 열기를
받아 본 보약 같은 사랑
보답을 위한 것이었을까

흐린 기억을 파고 더듬어
마음속 깊이
스멀스멀 파고드는 빗물
흥건하게 적셔준다

비가 오는 날
창가의 빗줄기 사정없이 흐르면
누군가 보고 싶다

그 옛날의 인연
또렷이 남아
나를 잊은 그대가

5월은

잡새들이 기다리는
삶의 공간에서
태동하는 꿈

새 생명의 부화
푸른 녹음을 위해
고난을 이겼지

암흑의 공간 비집고 태어나
활짝 핀 여린 눈
5월은 너희들의 세상이어라.

순번 없이 피는
꽃들은
5월에도 이어가는데

가슴속에 새겨진
그리움들에게는
갤러리의 벽에 걸린 그림의 떡이지

삼삼오오 줄지어 미팅하는
여자들의 간사한
환한 웃음 터지는
5월의 꽃과 푸른 잎처럼

간절한 마음으로
활짝 피우길 바라본다

바다는 부르는데

갈매기 나르는
도비도 선착장
연락선 뱃머리 돌고 돌아
기적을 울리게 한다

무섭게 내리꽂는
갑질하는 태양이 절정을 이루는데
그리움을 때리는 파도가
나를 부른다

바다는 부르는데
왜일까
마음과 뜻은 한결같은데도
몸은 거짓말을 밥 먹듯 한다

굵고 작은 물에 떠 있는
섬들의 사이로
부러운 시선들이 오고 가건만
윙크를 발사하는 사랑
나는 왜 받지 못하고 이러고 있을까

시원한 바닷바람이
멀리 떠나기 전에
발걸음 재촉해
한발 앞당겨 구름 편지를 써 보내야
하겠다

조금만 더
조금만 더
기다려 달라고. 기다려 달라고

빗속을 아시나요.

홍건한 등줄기의
땀방울이 굴러떨어지는
어느 여름날

탱고를 춤추던 잎사귀
연주곡 멈추자
서로를 맞대곤 미동도 없다

간질이는 빗소리 들어 본 제
언제던가

깊은 한숨 몰아쉬는
초목들이
목마른 절규에 애끓어
가슴 졸이는 소리

어이타
인심을 태우는가
청량한 바람타고
임 소식 올까 내심 기다리건만

하늘과 땅의
단절된 교감 아지랑이는
애가 타는 내내
물빛 연신을 쏘아 올리건만
빗속을 아시나요

뜨거운 몸 식히는
냉동된 살얼음 바람 소리만
귓전을 때리는구려

반갑다

목마른 절기를
몇 개월이나 보냈는가
참으로 오랜 기다림으로
반갑다

짓궂은 바람은
빗질한 머리 헝클어 곱살한 모습
간 곳이 없는데

꽃님까지 데리고
오랜만에 찾아온 봄
누리에 꽃불까지 태워주고 있으니
고맙구나

절정으로 치닫는 꽃길이기에
가슴으로 뜨겁게 타건만
열기를 식혀 줄
단비가 더욱 그리웠다

어찌 이리 늦었단 말이냐
반갑다 단비야 그리고 고맙다

고목의 줄기 따라
사르르 스며드는 물줄기
온몸을 감으니
이제야 꼴깍 침액이 넘는구나

한시름 놓고 맥없이 나른하다

오늘의 태양은

오늘의 태양은
왠지 따뜻할 것 같다
붉은 꽃의 반사일까
온통 환하다

봄은 이제 기력이 소진해
떠날 채비를 하나 보다

꽃샘바람 어디로 갔을까
순풍이 문을 두드리며 불어준다

새 생명의 탄생처럼
고마워하며 살자
살아 있음에
오늘도 감사한 응원을 보내면서

자연의 일원으로 돌아가
아름다운 사랑을 하자
아주 특별한 인연의 끈을 놓지 말자

밝은 태양을 주시는
하늘에 기대어 풍성한 열매를 맺게 하고
한 울타리에 갇힌 웃음소리가
천둥을 치게 하자

모두가 우러러보는
무궁화 꽃을 피우자
웃음바다가 되자
웃음바다가 철렁철렁 넘실거리게 말이다

그리운 사랑아

훈풍만 불어와도
반가움에 가슴은 뜨거워지고
빗방울이 한 방울 떨어져도
너의 눈물 같은
그리움으로 하루를 열어 간다

삶의 공식을 더해 궁금한
답답한 모습
눈 감으면 그리운 얼굴들

눈뜨면 나래 치는 서러움
달을 보며 위로받는다

세월이 갈수록
나를 위협하는 무서운 적들
어쩌겠나

무조건 이겨내고
언제가 될까 두 손 꼭 잡아보자
응?
그리운 사랑아

왠지 모르게

왠지 모르게
심야에 흐르는 적막은
가슴 안으로 파고드는데

깜박깜박 지워져 가는 멀어진 그리움
대변하는 듯
잠은 멀찌감치 서서
눈 붙일 생각조차 하지 않는다

풀벌레 나방이 서성이는
주차장의 불빛은
쉼 없이 기억을 살리는 뇌리를 때리건만
구름 속에 갇힌
어둠을 왜 쫓는단 말인가

그렇게
그렇게
허전한 마음 달래는
사계절 내내 분홍 꽃으로 피런

빗물에 담아

현관문 열고 서서 기다리는
그대는 나의 행복
동행 전도사

상처 아물도록 쏟아내는
빗물에 담아
그리움의 눈물
유리 창문을 타고 흐르면

그대 잊혀졌던
미소 띤 얼굴 사르르 떠오르고
추억 쌓아둔 깊은 곳
슬며시 뒤져 본다

가슴속을 향해
잔등을 타고 촉촉이 젖어드는
사랑의 단비 흥건하니

연산 홍 붉은 꽃잎 술 적시며
행복은 먼 데서
온다는 걸 느끼곤 한다

아주 먼 곳에서

제3부

가을

님 그리운 시간

차오르는 해는
이른 아침 해맑게
웃어 주는데

순진한 그 사랑
지금 시간에도 멈추질 않을 텐데
어떤 표정일까

순진한 백합꽃과
비교될까

천연한 심오함을
그리는 맘
이 몸과 같을진대

하늘 마주 보며
상통하는
그리운 마음 전하고 있다오

가을은 왔는데

제법 가을이 낳은 선선한 바람
조석으로 불어와
전신으로 파고든다

하나 둘 씩 제 모습을
잃어가는 초목들
따사로운 태양은 가을을 익혀
포동포동한 씨앗을 품고
저마다 사랑스러운
가을은 왔는데

빤히 내려다보시던
눈에 박힌
뼛속의 정은 어찌하여
수십 년째
이런저런 소식이 없을까요

모두 가져간 빈 들녘에
울적한 눈시울이
터지기 전에
그리운 꿈의 영상이라도
나타나 주면 해소될 것을

가을에게

기다리는 님이
아니건만

불요한 비가 노크도 없이
고뇌 깊은 마음 밭을
불청객처럼 찾아들고 있구나

정작 기다리는
임은
따스한 사랑 가득 품은 청아한
햇살인 것을

시간의 허물은
가을 너에게
가슴 시린 눈물로 온몸을
적시고 있구나

호된 설움도 참아내며
지나온 운명 같은 나날이었지
벌거벗은 나목들의

눈을 뜨는 새로운 날에

참회와 반성의 시간
견뎌내어
휘둥그레지는 눈들이 많아지도록
희망 그리고 행복을
가슴 깊이 넘칠 수 있는
기회 그런 날을 기대하게 하자

녹색바다

푸른 하늘인 듯
푸른 바다가 넘실거리고 있다

가을의 문턱이
눈앞에 보인다

가시 돋친 풋 밤송이
억세어 가고
볼 따귀 반들거린 풋대추
통통하게 살찌운다

싱싱하고 청청하든
파란 사과 알도
애증의 로얄 박스로 붉게 익어가고

아무리 거센 바람
흩날리며 지천으로 때려도
넘실거리는 녹색 바다

반야심경
춤사위 보는 듯
눈 호강에 달혔던 입은 벙실댄다

익어가는 산천
짙어가는 녹색 바다
바람 불어 하늘대는
그야말로 아리따운 아가씨들의
비단 같은 머릿결이다

멋진 가을의 준비다

가을이 운다.

이글이글 타들어 가던 가을이
혼신을 다해 태우던 가을이
붉디붉던 가을이
오색찬란하던 가을이

빛바랜 치마 되어 벌판 위에
넋을 놓고
몰래 숨어든 바람에
가을은 소리 없이 굴러간다

이별을 예고하는 가을비는
온 천하에 눈물을 뿌려대고
떠나야 하는 가을은
순간을 눈치챘을까

한 발짝 한 발짝 미동도 없이
앞은 보지 않고
뒷걸음치는 가을이 운다

높은 하늘도 내려오고
하늘을 감춰
야트막하게 깔린 먹구름은
낯익은 고향에 가득하다

볼 따귀 때리는 매서운 바람은
뒤안길 뒤적이며 아쉬운 터를 잡아주고
허무의 미소 위에 한 닢을 덮어
찬 서리 얹히는
초겨울의 터를 잡는다

푸르름은 가고

열정의 태양을
한 몸에 뜨겁게 받으며
동행의 길을 걷던
젊음이여!

푸르름은 짙어져
마르지 않을 것 같은 단단함은
어느새 생을 다 한 낙엽들
영혼의 시체로
한 마당 쏟아 낸 가을

이리 불면 저리로
저리 불면 이리로
널브러진 공간을 힘없이 뒹군다

목마른 입술에
한잔의 막걸리로
스치는 바람과 벗 삼으며
악령의 시간을 보낸 시련
훌훌 털어 보지만

나 혼자만의 가을은 아니지만
멋진 가을
화려한 가을
모두가 가슴 벅찬 가을
웃음꽃 만발한 가을이련만

저무는 석양은
무너져 가라앉는 모래성처럼
허무하기 그지없다

추억으로 가는 가을

삶의 무게에 지는
낙엽이
한마당 뿌리를 덮고

풀 죽어 말라가는
시체가
멋대로 웅크리고 스러져 있다

으스스 찬 바람 불어오니
스스로 밀려가는 가을
그런 듯 그러지 아니하며
주춤주춤 등 떠밀려 가면

검게 그을린
화려했던 가을도 이제는
퇴색된 몰골로 남아

눈으로 익힌 가을을
아련히 떠오르는
봄, 여름, 가을, 보람과 긍지를

추억을 들춰내는 화선지에 그린다

하얀 찬 서리
가을의 설움인 양 내려앉아
한 겹 보온을
꿈꾸게 한다

바닷가에서

먼바다 수평선 바라보니
가물가물 지나간 세월이 손을 흔든다.
곱던 연이야 순정아 희야 원이야
멍 때리던 철아 현아 동아
멈춰 선 물레방아처럼
피 끓던 청춘은 유수 따라가고

파도치면 물거품만 남는
네 모습 함께 아련히 떠오른다

벚꽃 가고 진달래도 가고 살구꽃 지니
겹벚꽃 연산 홍 흐드러 지는데
고즈넉한 인생 산행 함께 하고파
이름 석 자 지워져 가는 고갯마루에
발걸음 멈춰 서서 마른침 삼키고
서 있다네

미련 남기고 지나온
허접한 친구들아
철 석 철석 검푸른 파도 너울대는

바닷가에서 갯바위 때리는 흘러간 노래
목청껏 터지라 불러보세

할미꽃 정갈한 하얀 머리
바람에 날리기 전에
코끝 찡한 끈끈한 우정
진한 향기 언제 또 날릴 손가
온통 누리며 날려보세

엎드리면 정수리 닿는 날에

초록바다

실체 없는 바닷바람
만해의 넉넉한 파도 울렁울렁
흔들게 한다

초록 바다 한 가운데
푸른 섬 두어 개
파도에 뭇매를 맞고도 의연하게
끄떡없이 서 있고

모질고 긴 세월을
한량없이 때려도
울고 가는 건 갈매기뿐

시도 때도 없이
끼룩거리는 갈매기
끼니를 채우지 못한 앙탈일까

저편 바다 건너 점포마다
불빛 새어 나올 즈음
바지락 빈껍데기 쓰다듬으며
잠이 들고

삶을 엮다 허기진 허리
빈 바구니 채우지 못한 나룻배
하나둘 포구 접안에 든다

내일 또 오라며 휘몰아친
밀물에 서운한
해 저무는 왜목 포구
바삐 들어찬 바닷물
철썩철썩 파도 소리 거세다

늦가을 연서

모세의 꿈을 그리며
푸르던 시절
해 뜨고 질 때는 연모의 사랑을 했지

바람이 부는 대로 가는
세월이 아니련만
늦가을 빈터에 서서 빛바랜 흔적 감사함으로

지우지 못하는 사연과 추억들을
한 장 한 장 스크랩하며 꽂아둔다

눈물로 젖어가는 가을
손 흔들어 주는 의무 마친 잎사귀들의
이별 소리에
그리운 사랑 헤아리며
과수원에 매달린 빨간 사과처럼
온통 얼굴엔 홍조 빛이어라

황금빛 들녘
가을 연가의 무대 성황리에 종료되고
서릿발에 침묵하는 댓잎은
숨어드는 참새들의 쉼터로 자리 잡는다

가을
가을이 남기고 간 사랑
달구던 산들의 휘황찬란한 단풍도
굿바이 늦가을 연가를 부르며
하얀 천사의 겨울을 부른다

9월은 오고

서해대교 교각 넘어
붉은 여명이
물들기 시작하는
9월의 첫날 아침

익어가는 가을이
9월의 문을 열었습니다

너른 들 초록 바다에
어슴푸레 깔린 안개 품으로
수줍은 이삭들이 고개를 숙이고

달궈진 체온 곁으로
선선한 바람 소리 없이 몰고 와
가을은 내려앉았는데

그늘 밑에 앉아
귀청을 찢어 댄 왕매미
어디에서 깊은 잠 청해 들었는가

태양을 집어삼킨 붉은 고추
수건 두른 여인들의 손길
늘어선 밭고랑에
미소 가득한 보람을 딴다

어느새 정신줄 놓고
비 오듯 쏟아지는
전신의 땀을 훔치는 사이
9월은 오고
시간의 정점 찍으러 달리는 세월

가을 푸른 하늘 우러러보며
긴 한숨 쉬고는
벌써란 말만 내뱉게 하여

도비도 앞바다
괭이갈매기 앞세워
거친 파도 가르는
여객선 고동 소리
인생의 서운한 마음 대변하는가

우렁차게 지른다.
붉어가는 가을, 벌써 가을이어라

제4부

겨울

고드름

그리워 흘린
눈물일까

싸늘한 바람이 지나는
길목에서
단절된 사랑 가슴 쓸어내리며
하염없이
흘리는 사연

뜨거운 열정 기다리다
속절없이 지쳐 사 그러진
차디찬 사랑이
뼈아프게 굳어진 마음

눈물의 끝은 언제일까

서리꽃

고독을 곱씹는 나목 위에
제철을 만난 듯
세인들의 마음 휘어잡는 서리꽃
오밀조밀 현란하게 피워냈다

강렬한 태양에
녹아내려 흔적 없이 사라지는
초라한 꽃이 되련만

도마 위에 놓여진
시큰한 김치 포기처럼
숙성된 감칠맛을 되살려
풀죽은 자태가 되지 않기를
마음 졸여 본다

언제 떠날지
기약 없는 기나긴 겨울 역
바람의 벗은 나비 되어 춤추고
밤새도록 안겨주는데

하룻밤 사랑의 애증은
오래도록 간직하면서
가슴속 심장에게 감동을 선사하는
서리꽃이 탄생되기를 바랄 뿐이다

겨우 내내 전신을 때리는 시린 서리꽃
환희의 역동적인 세상
아침의 먼동이 트기 전까지
피워내라 서리꽃

마지막 날 새벽

고통과 희망이 동행하며
함께 걷던 길
사연 주고받던 기나긴 시간 속
끝자락에 선 당신과 나

희망의 빛은 짧고
고통의 시련은
왜 이다지 길게 주셨는가

뒤돌아본 캄캄한
밤은
정열을 태우다 사그라진
별빛만이 노발 댑니다

벌겋게 차오르는
마지막 날 새벽
다시 오는 미래의 빛은
슬기와 지혜를 담고

밝고 벅찬
희망 감격 사랑 행복 그리고 충족을
사랑하는 당신에게
흠뻑 채워주는 해가 되기를
두 손 모아 기원해 본다

겨울비

미련이 남은 걸까

귀밑머리 스치는
바람 따라 내리는 겨울비가
연신 뿌려댄다.

온 누리에 깔아놓았던
행복을 아직도
주워 담지 못했을까

서성이는 발길
사랑이 식어가는 끝자락
돌아서서 훔치듯
눈물 뿌리는
겨울비

발걸음도 바삐 떠나며
작별의 손을 흔드는
겨울비야
더 멋진 연민을 쌓고 담아

먼 후일 또
새로운 인연의 새싹을 만나
모두의 포부에
보람 가득 채우고
너털웃음 크게 웃어보는
가슴속 스며드는 인연이 되자

올 한해도 세월은

새날 첫 새벽
하얗게 얼어붙은 것 같은
상기된 하늘을 수놓은
우아한 빛의 여명이

기쁨과 희망을 염원하며
용암처럼 솟아오르던
그날의 아침은
온통 세계는 탄성의 도가니에
흠뻑 젖어 탄성을 지르던
시간이 엊그제건만

바닷물에 쏘옥 잠기는
거북이처럼 험상궂고 난해한
추한 모습은 감춰지고
한의 역사를 간직하며
세월은 어김없이 등을 떠밀어
올 한해도 상처뿐인 빛이 저무는구나

다시 여명의 빛을 주는 새해의 새날엔
포용과 배려, 용서와 사랑
상생의 미덕으로
미소가 하늘을 찌르는 해가 되기를
간절한 생각해 본다

그리움이 가득한
나의 사랑하는 인연들에게
흘러간 날의 시련은
강가에 모두 버리고 부드러운 몸놀림의
건강 백세를 약속하며
두 손 모아 기원한다

봄이 온다는구나

주루룩
주루룩
간지러운 봄 빗소리에

핑크빛
속마음을 드러낸 꽃망울
톡
톡
톡

터 잡은
냉이꽃 엷은 미소
처연한 자태

처마에서 떨어져 꽂히는
슬픈 낙숫물 소리는
반갑고 간지러운 노래되어

봄이 온다고
귀띔해 주는구나

너에게 갈 거야

동태 상자처럼
겨울 강의 얼음처럼
꽁꽁 얼어붙어
녹아주지 않는 철벽 겨울

두 손 다소곳이 쥐고
잠에서 깨어나기를 기다리며
내 마음 닿았을까 반신반의하면서
너의 모습에 반한다

따뜻한 잠자리가
너를 깨울 때쯤이면
어리고 여린 하얀 속살에
검은 모자를 쓰고 나오면

아직은 이르지만
양팔 넓게 풀어 젖히며
너에게 갈 거야
너에게 갈 거야

첫사랑

살며 사랑하며
연둣빛 꿈을
햇살 걸린 나뭇가지 끝에 매달아
지난날 그대로의
모습을 떠올려본다

사랑이었을까
눈빛 교전하던 때

참사랑 품에 안고
혼자서 내뿜던 풋사과 내음.
서로가 응시하는 연정을 키우다

아카시아 향기가 멎은 뒤
바람만 코끝을 스친 때
달빛에 묻어버린
꿀 먹은 벙어리처럼 맥없이 날아간
백합꽃 첫사랑

가지 말라는 데도

해 짧은 발걸음
꼭 보고 싶었던
충동에 못 이겨

혹시나 반전을 기대하고
뒷걸음 훔치며
나서기는 했지만

서쪽 기운 해가
꼭 나를 닮은 기묘한 대조

가지 말라는 데도
기어이 상면도
기찬 낙을 엮어보지 못한
헛된 태공 어부의 꿈

설마 설마 하면서
꿈길 속 나선 발걸음은
허황된 수렁의 길이었다

아무리 그래도

북쪽의 날선 기운
칼바람 춤을 춘다

폭설 내려앉은 그 자리
등뼈 앙상한데

양철 물받이 끝
고드름 주렁주렁 줄지어
키 재기로 매달렸다

벌거벗은 나무들이 덜덜 떨고 있는
발등 덮는 마른 풀 섶 그늘 아래

맑은 물줄기 가재가 있을 법한 도랑은
얼음장 밑으로
두런거리며 떠내려간다

옷깃을 여며도 어느새 파고드는
소름 돋는 바람
입술 다문 턱을 흔드는데

아무리 그래도 봄은
해맑은 웃음으로 다가와 등 떠밀고 말걸

훈풍 불어 싸늘한 시선 물리친
봄비가 내리는 날엔
엷은 분홍색 립스틱 바른
진달래 꽃망울 방긋 내밀고 말거야

얼어붙은 사랑

냉정한 바람이
사랑하나
꽁꽁 얼리고 서서 있네

냉동된 사랑
잘 익은 복분자 향 버금가는
깨알 쏟아 줄
알싸한 그대

무심코 바라보며
허송세월로
배회하고만 있을 건가요?

보듬고 감싸고
정겨운 눈빛까지
뜨거운 정으로
포옥 사정없이 녹여 주세요.

따뜻한 남쪽 나라
동백꽃이 피기 전에
먼저

흰 눈 사이로

가슴 졸이는 사이
냉큼 찾아온 서릿발 앞세워
화려했던 가을을 쫓아내고
빠드득빠드득
사나운 바람 타고 내려온 겨울은
사랑의 꿈을 키우는
안방을 차지했다

청량한 바람 타고
님 소식 올까 내심 기다림을
철저히 외면하고
어이타 인심을 태우는가

유유히 사라진 허망한 꿈
무산시키더니
처마 끝에 고드름 매달아
문풍지 때리는 살얼음 바람 소리만
귓전을 때리는구나

보고 싶다
인생이 벼랑 끝에 서서
서성거리기 전에
하루라도 먼저 어서 보고 싶다

소복소복 쌓인 눈이
슬픈 눈물 쏟아내는 가까운 날에

제5부

그리고

순간

한순간을
억누르지 못한 자괴감은
지울 수 없는
상처로 남는다

마음 다스리는데
기교도
애교도
또한 멋도
모두 소용없는 것
오직
자중자애 뿐인걸

잃어버린 자비
갈라진 박과 무엇이 다르리

조급한 생각 재운 뒤
순간을 활용하면
만사 마음 편한 여유뿐인데

고향

해가 뜨는 날마다
하늘만 빼곡하게 보이는 인적 드문
고향
빈 가옥 두 집
발길 딛지만

반기던 사람들 떠난
그 자리엔
주인 잃은 개가 컹컹 짖어대고

이따금 뻐꾹새 울고
꾀꼬리 울어
참새 떼 재잘 대던 곳

상수리 줍고 알밤 줍는
산 오름 아래
쑥대가 기고만장하는 잡초만 무성한데

귓전에 들리던
정겨운 물 흐르는 소리

인정 많던 이웃
먼저 보내 놓고서

홀로 정겨운 길 사색하며
걷다가 멈추면
이 몸도
그이들 따라가겠지

귀에 익은 자연의 벗들을
홀가분하게 그대로 두고 빈손으로

가로등

누구를 위해
밤이슬을 맞으며
때로는 폭우를 맞으며
하얀 천사가 내려와 보듬어 주기까지
밤새도록 밝혀주나

바람도 지나고
새들도
잠이든 이슥한 밤

뜬눈으로 밤 지새우며
우두커니
홀로 서 있는 가로등
불빛은 숙연하다

팔짱 낀 다정한
쌍쌍들의
밀어를 엿듣고

하루의 고통을
모두 털어버린 취객들의
휘청거리는 발길을 뚫어져라 바라보며

잠시나마 외롭고 허전한 거리의
길벗이 되어주는
가로등

들깨

자신을 태워 빚은 혼
알알이 품은 사랑
행여나
가을이 깊어갈수록
생이별을 예감했겠지?

전신은 삭정이가 되어도
맞아야 내어준다.
그것도

하늘이 두 쪽 나도록
두들겨 맞아야 내어준다.
얼추

전부 다 내놓을 때까지
사정없이 갈겨대어
녹초가 되어야 내어준다.
만신창이로

젊은 날 너 댓이 몸담았던
거푸집에서
그것도 발가벗은 알몸으로

교정의 향수

찬란한 여명이
온 누리에 비춰질 때
짙어진 책보자기 속의 꿈은
시간은 흘렀지만
지금도 부풀어 꺼지지 않고 있지요

구름은 멋대로 떠돌다
흔적도 없이 사라지지만
교우들의 육년 우정은 가슴에 살아
모교의 품 안 가득
교정의 향수는 스멀스멀 번져갑니다

드넓은 운동장에
미래의 새싹들이 함성을 지르며
달리고 달릴 때
약진하는 학우들의 재능은 파란불이 보이고

파란 잔디 위에
빛 고운 여명이 아롱일 때
방울방울 맺힌 이슬은

모교의 발전파노라마를 만들어가는
원천이 되리라

그리고
미래로
세계로 지향하는
모교의 도전은 또한 끊임이 없을 것입니다

갈매기 끼욱 거리던
대호만 너른 물결 넘치는 황금 바다
모두에게 보람으로 채워주려 넘실거리고

자모산의 정기
운동장을 가득 채운 열정적 기운을 받아
역동의 발길이 이어지며
학우의 아름다운 향수는
모두의 가슴에서 우러나기를 고대하렵니다

우리는 늙어 흙이 돼도
교정은 세기를 넘고 넘어 희대를 이어가며

굵은 뼈대를 키우고
튼튼한 인재의 場으로서 다져지며
열화의 함성과 환희의 웃음들은
영원히 영원히 끊이지 않고 이어 갈 것입니다

조금 초등학교
우리들의 배움터
모교의 진한 향수는
흐르는 세월 따라 바람을 타고
흥건하게 뿌려 댈 것입니다

끝이 보일 리 없는
아주 멀리 ~
멀리~

2019. 10. 05.
제13회 조금초등학교 총동문회 체육대회 축시

수복강녕

수많은 날들을
거친 요철 세상을 헤치고
오늘에 서 있네

복을 지닌 것은 아닐진대
부족한 것만 없다면 거슬리지 않는
자만에 빠지지 말자

강성한 삶으로
오래도록 유구한 자신만의 기구한
역사를 써가며

영영 평안을 위한
담수와 같은 온화함이 온 누리에
사랑담은 분칠을 하자

開眼 눈을 뜨고 보니

光彩世上 (광채세상)
바깥세상 여명 빛은 찬란한데

開眼不快 (개안불쾌)
눈을 뜨고 보니 기분 상하네

禍通暴曾 (화통폭증)
울화통은 커져 곧 터지는데

政經不在 (정경부재)
올바른 정치와 경제는 아무데도 없네

爭意難舞(쟁의난무)
밥그릇 싸움은 난잡한 춤인데 부끄럼 없고

無情人村(무정인촌)
정은 이웃 간 사촌도 찾을 수 없으니

犯法寸殺(범법촌살)
법에 없는 살인은 잔인 무도할 밖에 없는데

地江景火(지강경화)
세상 가는 곳마다 강 건너 불구경만 하네

改過天善(개과천선)
잘못은 다듬고 고쳐서 하늘을 오르는 선함은

目前無道(목전무도)
밝은 눈앞에 보이는 길이 없네

터벅터벅 걷더니

푸른 소나무
뻣뻣한 목은
바람 부는 대로 멋없이
나부끼는데

빗물에 흠뻑 젖은
마음의 병 문지르며
터벅터벅 걷더니
검은 머리 어데 간 거냐

힘든 걸음
앞길만 보며
어느새 걸어 온 길
문턱을 넘는데

오랜만에
만난 친구
변해도 너무 변한
무심한 사람.

어딘가 서먹서먹해
두리번거리게 만드는
그랬구나.
너무 일찍 보낸 세월 찾고 서 있네
아주 가까운 발자국에서

그대를

나는
그대를
먼발치 이 건 가까운 곳이 건
무작정 보면 볼수록
뚫어져라 볼수록

맑은 눈동자 속으로
빠져드는 건

매혹적인 눈웃음을
놓치지 않고
오래도록
간직하고 파서이다

언젠가는
헤어져 모습마저 잊혀지는
인연일지라도

마음 안에
이름 석 자 남을 것이니

다시는 만나지 않을 것처럼
몸부림치듯
그대여 외면하고 돌아서지
말아주오

행복

허기진 배를
채우고 나니 세상 부러운 게 없다.
이보다 더 큰 행복이
어디 또 있으랴

배곯았던 지난 세월
뉴스를 보는 듯
한 토막 한 토막
자막마다 스쳐 지나간다

시원한 물 한 바가지가
생명의 보약이었다
조금 더 나은 거라면
보리죽이었을까

가진 것이 없으면 없는 대로
세상을 만들어가며
지난날의 허기를 채워가자

채워진 허기를 더 채우려 함은
지나친 욕심이라
미련 없이 툴툴 털고 일어서 고픔을 채울
다음 스토리를 찾아보자

어딘가 있을 거야
그 무엇인가

얼굴 한번 봅시다.

잊혀질 듯 두려운
세월은 아쉽게 흐르고 흘러
미궁 속으로 빠지는구려

봄의 서곡은 이미 울리었고
화려한 데뷔를
준비하고 있는데

무엇 때문에
우리는 그리워해야 하고
무엇 때문에
보고파 해야 하는지

봄 향기 그윽한
달래 냉이 기지개 켜며
아낌없는 사랑의 정조를 풍겨주니
왠지 모르게 보고파지네요

인연의 단절된 꿈
다시 이어야 하지 않을까요?

연인의 사랑
다시 시작해야 하지 않나요?

변하지 않은 옛 모습
그대로일까 궁금하구려

부추기는 유혹의 봄
분위기 넘치는 카페에서
그리움 허기진 눈에
못이 박히도록 얼굴 한번 봅시다

뜬구름

하늘을 향한
마음은
곧 이룰 것 같은 야심 찬 꿈

멍석을 깔아줘도
오백 원짜리
동전의 양면에 속고

얄궂은 허망한
결과에
초조했던 마음속은 멍이 들고

뜬구름 잡는 일에
몰두하다 헛발 디디는 일이
허다한데도

언젠가는
언젠가는
버리지 못하는 맹랑한 고집

흩어진 구름
언제쯤 잡힐까 모아질까
기약 없는 뜬구름

미세먼지

희뿌연 미세먼지 틈 사이로
내민 아침 햇살
반가워할 일이런만
되레 불편한 발길을 멈추게 한다

오늘 같은 하루도 다시 태어난
살아 있음에 고마워 하지만
마음이 놓이지 않는 하룻길

언제나 제대로 된 한숨을
마음 놓고 쉬어 볼까
긴 여행길 다다른 목적지 보일 듯 말 듯
긴장감은 늘어가고
아쉬운 발만 동동거린다

더
더
멋진 인생을 즐기려
분전 투구로 미래를 일구어
마음 길 열고 갈고 닦아 갈구하는데

제6부

인생

얼굴

먼 후일에
까맣게 지워져
없어 질까봐

매무새 손길
눈동자 적시는 눈물은
앞을 가린다

다시는
떠올려지지 않을 것처럼!

남자의 봄

버리고 간 청춘의
기나긴 봄은
꿈의 햇살 거둬간 지 오래여

새봄
해동의 땅을 헤집고
태어난 새아기의 해맑은 모습에서
새삼 부러운 맘이 앞선다

해가 뜨면 나른하고
달이 뜨면 초저녁 잠 때리고
굽어진 허리춤
등짐 진 붉은 노을이 인상 깊게 탄다

인생의 꽃길은 마음먹기 달렸지만
수소문해도 알 길 없는
마음속 단풍 붉게 어우러진 가을 길
고풍스런 뜨락을
홍시처럼 상기된 채 뚜벅뚜벅 걸어간다

이미 모두 써버린
시간의 자산은
빛바랜 퇴적물로 쌓여 가는데

만년의 꿈을 이루지 못한
검은 몰골에 검버섯으로 피워내고
한숨 깊어진 표상을 지울 웃음꽃
남자의 봄은 언제쯤 이룰까

면면히 아끼던 새싹 꿈 하나
수포로 돌아간 허탈한 웃음은
만만했던 세월을 대신하고 있다

고향에 남으리라

쪽빛 하늘
꽃구름 유유히 흩어지는
땡볕이 억세게 달구던
어느 여름날
고향이라는 참 좋은 이름을 얻었다

허물을 벗어 던지고 떠난 몸은
세상 구석구석 들고 날고
비비고 서 있어도 마음만은
늘 쇠말뚝처럼 박힌 마음의 고향
정서 깃든 곳

쇠약해진 심신은
쓰러진 잡초 되어 검게 타들어 가
한 줌의 흙이 된다 해도
나는 고향에 남으리라

타관에서 스러진 몸일지라도
가슴에 감춰진
비록 하찮은 이름일지언정

조약돌에 이름 석 자 새겨 넣어
고향에 남으리라
먼 훗날까지 오래 오래도록

사계절 내내 푸른 꿈으로 키워
여럿 나눔을 위해
분열된 몸의 국화꽃처럼
홀로 겨울의 꽃으로 남으리라

구름

뭉게구름도
새털구름도
흰 구름도
검은 구름도

만났다가 슬그머니 헤어지더라

인생도 그러더라

깡마르고 거뭇한 얼굴
호쾌한 웃음으로 반기던 고향 사람들도
젊은 연인들도
함께 살던 혈연들도
좋은 인연도
슬픈 인연도 자연적으로
하나둘씩 잊혀지더라

인생일랑
구름처럼 그러지 말고

너 아니면 내가 없다
보약이라 생각하고
구겨진 마음 다림질을 해

마음 하나 내어주고
두 문고리 하나 되어 얻는 사랑으로
목화 구름을 꿈꾸며
아름다운 꽃구름 이루었으면

석양 노을에

모래알이 파도에 쓸려가며
뒹구는 바닷가에
물개 헤엄이라도 좋아서 허우적거리던
따가운 여름도 가고

보기만 해도 배가 부른
황금 물결은
주인 찾아간 곡간에서
갈무리 수순을 밟으며 잠을 청한다

어느새 텅 빈 빈터로 돌아온 대지
계절은 속절없이 바뀌어
가을의 길목 천천히 한 해를 마감하는
국화꽃은 시름에 떨고 있다

기나긴 잠을 청하는
이루려다 또 접어야 하는 궁상들이
버려진 백지 되어
상념에 젖은 해질녘 오후
석양 노을의 강한 눈부심에

하루의 삶을 엮어서
이슬 모으는 초록 풀잎 이마 위에
쪼르르 흘러내릴 줄 알면서도 얹어놓고

꿈속에서나 이루려 하는지
오늘도 석양 노을에 물들어
마음만은 풍요로운
허접한 풀밭에 길게 누워있네

이별 준비

찬란한 삼라만상은
바람 불어 휘돌아 날아가 버린 뒤
빈 추억만
눈가에 맴돌고

긴박한 험로의
가쁜 숨은
이별의 길이 고산일까
뱉을수록 거칠어지는 호흡

말 없는 곤혹의
통증은 야금야금 속절없이
전신을 갉아먹어

집념도
희망도
자신감도 모두 놓아두고
떠날 차비에 바빠지는

부자도 아닌
가난뱅이도 아닌
빈주먹의 가슴
종착역에 다다르는 슬픈 시간이 되었다

아쉬운
공간의 미련은
가시는 님의 마음속에
아직도 줄줄이 남아 있는데

세 치 혀

고요와 함께 달리는
캄캄한 밤
심장을 멎게 하는
격언을 하다가도
솜 이불 속 사랑 달콤하다

사노라면
법정 가는 고소에
협박 겁박
어르고 달래고 조르고 찌르고
달아나 모른다는
세상에 없는
요사한 변 술사

침액이
묻어 나오는 말투마다
예리한 칼날이다

필요할 때 꺼내 쓰고
사랑으로 갈무리해 담아두면
탈 없는 세 치 혀

빈 접시 하나에도
주워 담지 못하는
세 치 혀의 대책 없는 불장난

꿈속에서

하루 이틀 지난날이 아니련만
틀에 박힌
어렴풋 기억나는
마음 안의 벽 사진 한 장

세월 가고 산 넘어
깊은 계곡에서 흐느끼는
무소음 메아리여
어머님께 동자의 사연 전해주오

들으시나요
들리시는 가요
오랜만에 불러보는
청순한 백합꽃으로 뚫어져라 내려보시던
어머니

꿈속 허둥대는 하얀 머리 동자
꺼져가는 영상 앞에서
손 흔들며 불러 봅니다

옹알옹알 웅얼거리는
입안에서
긴 한숨을 내뿜으며

오랜만에

손가락 접었다 펴서
헤아려보려 하니
셀 수가 없다

하루 이틀 지난날이 아니련만
틀에 박힌
어렴풋 기억나는
마음의 벽 사진 한 장

세월 간 산 넘어
깊은 계곡에서 흐느끼는
메아리여

참 오랜만에
순한 백합꽃을 보며
답답한 마음 얼굴을 찾으려니
어머니 찾을 수가 없습니다.

거울 앞에서

미끄러질 것 같은 우윳빛 모습
어디로 가고
두툼하게 굴곡진 얼굴
참 많이도 변했더이다

남들이 보면
질긴 피부에 검은 광채가
눈만 번득번득한 얼굴

눈가 잔주름 패인 사이로
바람처럼 날아간
어느 잠깐 사이 눈물이 그렁그렁

붙잡지 않을 터인데도
쉬엄쉬엄 앉았다 가도 되련만
바쁜 사람처럼
그냥
숨도 돌리지 않은 채
줄달음쳐 가더이다

아버지

파란 하늘 구름은
주름살 곁을 지나고
상수리나무 껍질처럼 단단하던
두 팔과 두 다리 나무젓가락 되셨네

삼베 적삼에
땀이 샘솟던 시절은 어디로 가고
자모산 능선보다
더 휘어진 허리는 누구 때문인가

종가의 대들보 위엄으로
자부와 솔선 지략과 성공은
굴곡진 인생 항로 삶의 터널을 뚫어
대가를 이루시느라
혼신을 바치신 듬직한 아버지

곤한 잠자리
잔등을 기대어도
꼿꼿하게 펴질 날짜는 언제일까

갉아 먹혀서 없어진
세월 자락에 시선을 묻으시는 초라함
가누지 못하는 체구는
언제부턴가
눈에 박힌 인연들은 띄엄띄엄 떠나려 하는데

말 못 하는 지팡이와
친구로 사귀시어 동행하시니
토끼들의 재롱도 소태와 같아
꿈에서나 웃어보시려나

하루하루 떠오르는
해를 보면서도
미세한 미소는 자취 감춰진지 오래고
목덜미에 모아둔 가르침들 기침처럼 뱉어내실
기막힌 날은 다가오는 것

광채 나는 민둥산 머리
지켜보는 老子의 눈물은
오늘따라 고지내 냇물처럼

끓어오르는 가슴속 깊숙이 소리 없는
오열로 흐른다

시간과 나

팔도 다리도 없는
얼굴은 둥글고
발걸음 소리만 들리는 친구가
미궁 속으로 유유히 떠난다

어인 일일까

영문 모르는
나는
묻고 또 물어도 벙어리 삼대
대답은 철 옹벽이다

잃어버린 삶의 그림은
바람 선선한
허공으로 날아가고
앞으로 그려갈 자화상을 그리며

시간의 뒤를 따라
마음은 그대로 서 있는데
매혹 없는 한숨은 저절로 터진다

아직도 흐르는 눈물

흐린 기억이 흐른
긴 강의 물은
벌써 칠십여 년 훌쩍 넘긴
세월이 흘렀건만

눈부신 아침 햇살을 보면
어둡던 마음을 지우고 사로잡지만
순간 어딘가 감춰진 눈물이
아직도 흘러
마르지 않고 있는 것은
왜일까요.

5일장에 가셨다가
돌아오지 않으신 어머니를
해마다 같은 달 기일이면
오실까 기다리는
세 살배기

자신의 몸속 자양분을
짜고 짜낸 젖가슴을 물려주며

무릎 위에 앉혀놓고
빤히 내려다보시던
어머니

바로 당신 때문입니다

속절없이 어느새 변해버린
하얀 머리
눈꼬리 주름
깊게 골패인 이마 주름 깊어 가는데

감춰진 눈에서
소리 없이 흐르는 눈물은
언제쯤 멈추어질까요
어머니

어머니의 미소

밤하늘 별빛 찬란한
어두운 밤
은하수 한강 물줄기 되어
검은 하늘 한가운데로 정겹게 흐른다

시시콜콜한 시간은
가는 줄도 모르게 사라지고
가슴에 남은 앙상한
추억만 뿌리 깊이 자리 잡는다

로맨스를 즐기려
한밤의 가로등 불빛 따라
시원한 바람 맞으며
팔짱 낀 추억을 더듬어 걸어 본다

정적이 잠드는 시간
은빛 잎사귀 다정스레 소곤거리는
정감을 엿듣는다

덧없는 하루하루가
끝을 만나는 날
말일 날 밤은 그리운 임 떠올리려니
유독 은하수 별빛이 유난히 밝아
또렷하게 보인다

그리운 임
흩어진 어머니의 미소
오래전부터
은하수 되어 흐른다

꿈은 이룰 수 없지만

창공의 가랑잎 한 점
티끌마저 장애물 없는 빈 공간을
한가로이 나르는 새들아
너희가 참으로 부럽게 짝이 없다

너를 바라보는 순간
멍하니 하늘을 우러러본다

나도
나도
아름다운 자연 내려다보며 더 멀리
영혼의 세상까지
너처럼 날아 봤으면

꿈은 이룰 수 없지만
훨훨 날아 룰루랄라 노래 부르며

여든의 성상이 가까워 꿈에서라도
만나 뵙지 못한
어머니 곁으로 날아가고 싶다

잔주름 깊어가고
손등 찌그러지며 흰머리 결
하나라도 더 생겨나고
빠져 없어지기 전에

꽃이 피고 지고 눈 호강 저절로
이 좋은 계절
그립다 보고 싶다 어머니

동행

백 년 해로의 끝이
언제가 될지는 모르지만
팔짱을 끼고
천천히 바람을 등지고
밀어주는 대로 가고 싶다

단

평온하게
건강하게
행복하게
여유 있게
그리고 근심 걱정 없게

내 맘대로 되는 건 아니지만
소중한 인연이기에
동행의 길은 함께 영원하고 싶다

레드카펫

그저 덮어 주면 좋겠다.
성스럽게 내린 화이트 카펫은

탐욕과 비위, 악행의 싹을 파묻게
털면 나오는 먼지를
모두 덮어 주었으면 좋겠다

위선과 억지
선동의 끄나풀까지도
그리고 발끝과 꼬리 끝까지도
고루고루 데려가
사뿐히 덮어 주면 좋겠다

파행과 불의들이 잠재워져
한 치의 오차 없이
동심의 눈에도 물들지 않는
소담한 서설로
영원히 덮어 주었으면 좋겠다

낮달을 삼킨 태양은
희뿌연 미세먼지 사이로
차디찬 세상을 녹이고 달구건만

몰인정과 까탈스러운 세상은
우후죽순인가
불쑥불쑥 불의는 기고만장하는데
정의와 진실은 찬물 신세라

이기적인 짓밟힘으로 할 말을 잃고
심약한 마음에서 벼랑을 느끼며
피 끓는 분노의 눈물인가
세상은 흥건하게 젖은 수건이다

새로운 것인 양
몹쓸 것 들은 원형 그대로 돌출하는 꼴
또다시 못 볼일이나
이것도 모두 다 덮어 주었으면 좋겠다

새로 깔아주는 레드카펫은
평화와 조용한 성장의 패턴으로
생기 감도는 향기가 새어 나오고
쫄깃한 우애로 소통하면서

꿈같은 새 빛을 맞이해
대망의 해를 품어
가슴속 깊이 뭉클한 기대를 갖는
포근한 해로 모든 이에게 다가가
거듭났으면 좋겠다

염원은 영원히 그대로
화해와 포용, 배려와 관심으로
계묘년은 너나없이 근심 걱정
사라지고 빈부 격차 없는
행복한 미래를 향해
함께 살아갔으면 좋겠다

그대를

나는 그대를
보면 볼수록 뚫어져라 볼수록

맑은 눈동자 속으로
빠져드는 건

유혹하려는 눈웃음을
놓치지 않고
오래도록 간직하고 파

간신히 얻은 기회라서이다

언젠가는
헤어져 잊어지는 인연일지라도
마음 안에 이름 석 자 남을 것이니

몸부림치듯
그대여 외면하지 말아주오

편지

천리 길
머나먼 고향에서
바람을 시켜 꽃 편지로
전해 왔네요

물어물어 배달된
누리에
행복은 골고루 나눠 쓰라며

따끈따끈한 봄
꽃과 함께 웃음꽃도 피워주고
새들의 노래도 들려주고
사랑도 주고 꿈도 줄 터이니

노력과 성심을 다해
소망 소원 모든 걸 다 이루라
신신당부하며
구름에게도 보내오고 바람에 날려
꽃 편지를 보내왔네요

한없이 외롭고 쓸쓸한 바다의 언어— 조동범

한없이 외롭고 쓸쓸한 바다의 언어

조동범(시인)

　시는 여러 문학 장르 중 정서적 특징이 가장 두드러지게 나타난다. 시인은 감정을 재현함으로써 자신의 안에 담긴 내적 울림을 표면화한다. 이때 감정은 날 것 그대로 재현되지 않는다. 시인에 의해 언어화하는 감정은 언제나 시적 장치에 의해 고유의 감각을 내장하기 마련이다. 감정은 이렇게 언어화하며 '시적'인 세계를 구축한다. 시적 감정은 시인의 시선을 반영하기 마련이다. 여기에서 시인의 시선은 대상에 대한 내적 울림과 파동이라고 할 수 있다.

　시집 곳곳에 포진한 다채로운 감정의 층위가 눈길을 끈다. 감정을 다루는 시인의 음성이 크게 다가오기도 하지만 감정을 진솔하게 드러내는 방식으로 독자의 마음속에 잠입한다. 시인은 농촌을 소재로 고향과 어머니에 대한 마음을 고백하고자 했다고 밝히고 있다. 농촌을 소재로 한만큼 이 시집은 자연물을 주된 시적 대상으로 삼고 있다. 자연은 우리가 가닿고 싶은, 삶의 근원으로서의 세계이다. 우리 삶의 본질과 가장 가까이 있는 것이 바로 자연이다. 이러한 점은 고향과 어머니 역시 마찬가지다.

고향과 어머니는 그 자체로 완전한 세계이며 본향이다. 따라서 시에 등장하는 고향은 우리가 도달하고 싶은 세계이다. 어머니 역시 존재가 시작된 곳이면서 동시에 돌아가고 싶은 세계라는 점에서 같은 의미를 갖는다. 이 시집에서 시인은 바로 이러한 세계를 중심축에 놓음으로써 시적 의지를 견고히 다진다.

> 두툼하게 퇴적한 가랑잎이
> 뜰 안에 냉기 가득한
> 바람 지날 때마다 두런거린다.
>
> 다시 되돌려
> 자양분이 되려는
> 낙엽들의 살 신 노력을 알아나 줄까.
>
> 봄이 오거늘
> 마중하는 님들은 벙어리 삼대인가
> 시샘하는 꽃바람에 세상 조용하다.
>
> 하우스 천정만이
> 샤방 샤방 내리는 봄비를 보듬어
> 봄 마중하건마는
>
> 설원이 가고 난 뒤

난세의 생명들은
목마른 갈증에 천지의 눈치 살피고

바람 타고 내리는
곡예의 빗물 따라
전신을 구석구석 적셔주는 단비.

흙먼지 잠잠해진
조용한 뜰 안에 납작 엎드린 냉이
웃음꽃 피울 채비를 하고 있다.

—「봄비」전문

　시인이 파악한 자연은 세계의 시작이자 모든 것이라고 할 수
있다. 그런 점에서 봄은 "냉기 가득한" 바람이 지나고 나서 맞닥
뜨리게 되는 희망이다. "설원이 가고 난 뒤" 몰려온 갈증을 해소
하는 것도 봄비다. 봄은 모든 생명의 근원이라는 점에서 시인이
도달하고자 하는, 시적 지향의 시공간이다. 시인은 봄 이외에도
시집 전반을 통해 계절 전반을 소재로 사용하고 있다. 시인에게
계절은 자연과 동의어이다. 자연이 계절의 순환 가운데 존재한
다는 점을 생각하면 당연한 결과이다. 물론 계절마다 전달하는
감각은 다르다. 봄을 통해 나타난 긍정의 기운은 가을이나 겨울
에서 전혀 다른 감각을 소환한다.

이별을 예고하는 가을비는
온 천하에 눈물을 뿌려대고

떠나야 하는 가을은
순간을 눈치챘을까

한 발짝 한 발짝 미동도 없이
앞은 보지 않고
뒷걸음치는 가을이 운다.

높은 하늘도 내려오고
하늘을 감춰
야트막하게 깔린 먹구름은
낯익은 고향에 가득하다.

볼 따귀 때리는 매서운 바람은
뒤안길 뒤적이며 아쉬운 터를 잡아주고
허무의 미소 위에 한 닢을 덮어
찬 서리 얹히는
초겨울의 터를 잡는다.
　　　　　　　　　　―「바다는 부르는데」 부분

　　시인이 인식한 가을과 겨울은 봄이 전달하는 감각과 대척점
에 있는 것이다. 봄의 긍정은 어느덧 부정의 상상력으로 바뀌며
우리를 비극적 인식의 영역으로 인도한다. 시인에게 가을비는
"이별을 예고"하며 내리는 대상이며. 아쉬움과 허무의 존재다.
이와 같은 가을의 정서는 겨울에 이르러 더욱 강화된다. 가을은
겨울로 이어지며 "허무의 미소"와 "찬 서리 얹히는" 감각을 드
러낸다. 그리하여 다음과 같은 겨울의 풍경이 우리 앞에 펼쳐진다.

미련이 남은 걸까

귀밑머리 스치는
바람 따라 내리는 겨울비가
연신 뿌려댄다.

온 누리에 깔아 놓았던
행복을 아직도
주워 담지 못했을까

서성이는 발길
사랑이 식어가는 끝자락
돌아서서 훔치듯
눈물 뿌리는
겨울비

발걸음도 바삐 떠나며
작별의 손을 흔드는
겨울비야
더 멋진 연민을 쌓고 담아

먼 후일 또
새로운 인연의 새싹을 만나
모두의 포부에
보람 가득 채우고
너털웃음 크게 웃어보는
가슴속 스며드는 인연이 되자.

—「겨울비」 전문

일반적으로 겨울은 상처나 고통, 슬픔이나 비애의 정서와 어울리는 계절이다. 시인이 인식하고 있는 겨울 역시 여기에서 크게 벗어나지 않는다. 겨울은 "행복"의 반대 지점에 있는 것이며 "눈물 뿌리는" 비와 같은 존재다. 그리고 그것은 "작별"과 연결되며 비극적 세계를 만들어낸다. 하지만 시인은 이러한 비극이 우리 삶의 끝이 아니라는 점을 잘 알고 있다. 그리하여 겨울과 같은 비극의 끝에 새로운 긍정이 존재하고 있다는 점을 말하려 한다.

봄부터 겨울에 이르는 과정은 긍정으로부터 이어진 부정의 지점이지만, 그것이 다시 "새로운 인연의 새싹"과 같은, 봄의 상징으로 연결된다는 점에서 순환된다. 그것은 마치 우리의 삶과 세계가 아무것도 아닌, 텅 빈 세계로 돌아가는 것과 같다. 그런 점에서 시인이 인식하고 있는 계절은 순환을 전제로 한 것이라고 볼 수 있다. 아무것도 존재하지 않던 시절로 회귀하고 그곳에서 다시 새로운 삶이 시작되는 것이다. 순환으로서의 삶이 우리가 몸담고 있는 세계의 실체라는 점을 분명히 한다. 그러나 순환으로서의 삶과 세계가 곧 긍정을 의미하는 것은 아니다. 우리의 삶은 오히려 비극적 모습에 가깝다. 비극으로서의 삶과 세계는 다음과 같은 작품을 통해서 보다 명확해진다.

굴곡으로 점철된 불행
참고 참아온 분노

뼛속 깊이 박힌 울분
찢어진 듯 가슴에 아물지 않은
상처

미완성의 꿈도
넋빠진 노력의 허탈함으로
서럽게 묻어온 길

　　　　　　　　　　　　　―「폭우 1」 부분

　시인은 "굴곡으로 점철된 불행"이나 "참고 참아온 분노"와 같
은 극한의 감정을 이야기한다. 감정적 파장은 "뼛속 깊이 박힌
울분"이나 "아물지 않는" 상처로 이어지면 강화된다. 그리고 이
러한 극한의 감정 끝에 남는 것은 "미완성의 꿈"과 "넋 빠진 노
력의 허탈함"이라고 말한다. 그렇다면 이런 감정 속에 시인은
어떤 마음을 갖게 되는가. 극한으로 치달은 감정은 그러나 파국
을 맞이하지 않는다. 이런 감정 속에서 시인은 그저 서러움을
느끼고 있을 뿐이다. 이러한 감정의 절제는 삶을 응시하는 시인
의 기본적인 태도와 연관이 있어 보인다.

　시인은 애초에 자연에 대한 애정을 지니고 있다. 그리고 고향
과 어머니에 대한 애정을 직접 밝히기도 했다. 따라서 삶과 세
계를 바라보는 시인의 시선은 기본적으로 긍정적 지점을 기반
으로 하고 있다. 설령 그것이 비극적 세계를 향해 나아가더라도
긍정과 애정이라는 본질은 변하지 않는다. 이때 비극적 세계의
고통을 벗어나게 하는 것 역시 자연이다. 시인이 특히 관심을

기울이는 자연은 바다이다. 시집 전반에 바다의 이미지가 다수 포착되는데 바다를 통해 시인은 삶의 끈덕짐과 정처 없음을 적확하게 보여준다.

갈매기 나르는
도비도 선착장
연락선 뱃머리 돌고 돌아
기적을 울리게 한다.

무섭게 내리꽂는
갑질하는 태양이 절정을 이루는데
그리움을 때리는 파도가
나를 부른다.

　　　　　　　　　　　　　　—「바다는 부르는데」 부분

먼바다 수평선 바라보니
가물가물 지나간 세월이 손을 흔든다.
곱던 연이야 순정아 희야 원이야
멍때리던 철아 현아 동아
멈춰 선 물레방아처럼
피 끓던 청춘은 유수 따라가고

파도치면 물거품만 남는
네 모습 함께 아련히 떠오른다.

벚꽃 가고 진달래도 가고 살구꽃 지니
겹벚꽃 연산 홍 흐드러 지는데

고즈넉 한 인생 산행 함께 하고파
이름 석 자 지워져 가는 고갯마루에
발걸음 멈춰 서서 마른침 삼키고
서 있다네.

—「바닷가에서」 부분

삶을 엮다 허기진 허리
빈 바구니 채우지 못한 나룻배
하나둘 포구 접안에 든다.

내일 또 오라며 휘몰아친
밀물에 서운한
해 저무는 왜목 포구
바삐 들어찬 바닷물
철썩철썩 파도 소리 거세다.

—「초록바다」 부분

    시인에게 바다는 삶의 여정을 보여주기에 적절한 대상처럼
보인다. 바다에는 출렁임이 있고 나아갈 수 없는 막막함이 있기
때문이다. 뿐만 아니라 바다와 함께하는 인간의 공간은 삶의 척
박함을 지니고 있는 경우가 많다. 위의 작품 역시 선착장이나
포구를 중심으로 삶의 고단함이 절박하게 전달된다. 또한 바다
본연의 모습 역시 때로는 처연하고 때로는 절박하게 우리 앞에
펼쳐지며 모습을 드러낸다. 이 시집에 나타난 바다 이미지는 여
타의 자연과 일견 다른 대상처럼 보이기도 한다. 바다 이외의
자연이 내적 지향성이 두드러진 특성을 보인다면 바다는 외적

지향성이 강하게 나타난다. 이러한 특성은 시어는 물론이고 시 전반의 분위기에도 나타나는데, 시인의 시적 의지까지 다르게 인식하게 하는 요소로 작동한다.

삶의 사투와도 같은 부정의 상상력은 이처럼 시집 전반을 지배하며 우리의 의식에 잠입한다. 그렇다면 우리는 이 시집을 비극적 국면만을 바라보아야 하는가? 결론부터 이야기하자면 그렇지 않다. 이 시집은 비극적 국면 너머를 응시하는 시선이 우리의 마음을 사로잡는다. 이것은 단순히 긍정의 세계로 회귀하고자 하는 몸부림이 아니다. 시인은 부정과 비극의 가운데 긍정의 지점의 싹을 발견하고 그것이 결코 약한 존재가 아님을 밝힌다. 그리하여 아래의 시처럼 "북쪽의 날선 기운"이 "칼바람 춤을" 추는 가운데서도 "봄비"라는 희망을 품는다.

북쪽의 날선 기운
칼바람 춤을 춘다.

폭설 내려앉은 그 자리
등뼈 앙상한데

양철 물받이 끝
고드름 주렁주렁 줄지어
키 재기로 매달렸다.

벌거벗은 나무들이 덜덜 떨고 있는
발등 덮는 마른 풀 섶 그늘 아래

맑은 물줄기 가재가 있을 법한 도랑은
얼음장 밑으로
두런거리며 떠내려간다.

옷깃을 여며도 어느새 파고드는
소름 돋는 바람
입술 다문 턱을 흔드는데

아무리 그래도 봄은
해맑은 웃음으로 다가와 등 떠밀고 말걸.

훈풍 불어 싸늘한 시선 물리친
봄비가 내리는 날엔
엷은 분홍색 립스틱 바른
진달래 꽃망울 방긋 내밀고 말 거야.
　　　　　　　　　　　　　　　—「아무리 그래도」 전문

　겨울을 견딜 수 있는 건 어쩌면 봄이 오기 때문일지도 모른
다. 봄이 오리란 사실을 알지 못할 때 겨울을 견딜 수 있는 힘은
사라지고 마는 법이다. 하지만 시인은 겨울의 끝에 봄이 올 거
란 사실을 알고 있다. 아무리 추워도, "아무리 그래도 봄은 해맑
은 웃음으로 다가"올 것임을 확신한다. 그리하여 "훈풍 불어 싸
늘한 시선 물리"칠 것임을 안다. 그런 점에서 시인이 지향하는
자연의 시간은 봄이며, 봄이라는 긍정에 가닿기 위해 시인은 겨
울 너머의 세계를 보려고 하는 것이다. 어쩌면 시인은 겨울이
끝나고 봄이 시작된 곳에 "진달래 꽃망울 방긋 내밀고 말거"라

는 사실에 모든 시적 운명을 걸고 있는지도 모른다.

주르륵
주르륵
간지러운 봄 빗소리에

핑크빛
속마음을 드러낸 꽃망울
톡.
톡.
톡.

터 잡은
냉이꽃 엷은 미소
처연한 자태

처마에서 떨어져 꽂히는
슬픈 낙숫물 소리는
반갑고 간지러운 노래되어

봄이 온다고
귀 뜸해 주는구나.

— 「봄이 온다는구나」 전문

그리하여 봄은 기어이 오고야 만다. 「봄이 온다는구나」는 봄에 대한 시인의 애착과 갈망이 잘 드러난 작품이다. 봄에 대한 심정을 직접적으로 제시한 것은 아니지만 봄날에 맞이한 봄비와 꽃망울의 모습을 통해 봄을 애타게 기다린 시인의 마음을 느낄 수 있다. 물론 여기에 나타난 시인의 정서는 활기찬 봄과 닮아 있지 않다. 오히려 차분하게 가라앉은 심상이 두드러지게 나타난다. 그것은 봄에 느끼는 쓸쓸함의 정경처럼 다가온다. 심지어 "냉이꽃 엷은 미소"는 "처연한 자태"의 이미지이다. 그러나 시인은 그렇게 가라앉은 세계 속에 우리가 마주하고 싶은 진짜 봄의 모습이 존재하고 있음을 알고 있다.

시집 전편에 흐르는 자연의 정서가 하나의 이야기처럼 짜여 우리 앞에 당도하는 시적 감수성이 마음에 남는다. 그것은 봄, 여름, 가을, 겨울이라는 계절과 시간의 흐름을 통해 전달되기도 하고 자연이 품고 있는 다채로운 공간을 통해 제시되기도 한다. 시인에게 자연은 삶 그 자체인지도 모른다. 그리하여 자연은 시인에게 삶의 당위를 제시하는 존재가 된다. 시인이 드러내고자 했던 고향과 어머니에 대한 직접적인 언급이 많지는 않지만 자연에 대해 천착하는 마음이 바로 고향과 어머니에 대한 지향 의지이다. 시인에게 자연은 곧 고향이며, 고향으로서의 자연은 어머니의 마음과도 같은 것이다. 그것은 고향과 어머니에 대한 시인의 갈망이 자연의 모습 속에 애틋하게 남아 있는 세계이기도 하다. 자연의 한가운데 놓인 시적 의지가 따뜻함을 불러온다.

남자의 봄

초판 1쇄 인쇄일	ㅣ 2023년 10월 20일
초판 1쇄 발행일	ㅣ 2023년 10월 30일
지은이	ㅣ 정재석
발행처	ㅣ (재)당진문화재단
	충청남도 당진시 무수동 2길 25-2
	Tel 041-350-2911 Fax 041.352.6896
	https://www.dangjinart.kr/
펴낸이	ㅣ 한선희
편집/디자인	ㅣ 정구형 이보은
마케팅	ㅣ 정찬용 정진이
영업관리	ㅣ 한선희 김형철
책임편집	ㅣ 이보은
인쇄처	ㅣ 으뜸사
펴낸곳	ㅣ 국학자료원 새미 (주)
	등록일 2005 03 15 제25100 · 2005 · 000008호
	경기도 고양시 덕양구 권율대로 656 원흥동 클래시아 더 퍼스트 1519,1520호
	Tel 442 · 4623 Fax 6499 · 3082
	www.kookhak.co.kr
	kookhak2010@hanmail.net
ISBN	ㅣ 979-11-6797-135-7 *03810
가격	ㅣ 13,000원